句集

牛蛙《うしがえる》

大崎紀夫

ウエップ

句集　牛　蛙／目次

句集

牛　蛙

うしがえる

装丁・近野裕一

Ⅰ　2021年

〔158句〕

1

寒に入るこの木あの木でからす鳴き

霜柱踏んではまたもどり

空つ風ミットを逸れし球がくる

縄跳びのすぐにつかへる子がひとり

小寒の工場の下水溝に湯気

雪もよひ向ひホームに回送車

凍豆腐伊達郡より届きけり

くっついて落葉二枚が流れゆく

帚草まるまる枯れてをりにけり

そこいらに風が出てゐる掛大根

春近し蠅虎が椅子にゐる

白梅が咲き手のひらにぽつと雨

春寒き半地下バーの午後七時

ミモザ咲く海辺の墓地の入口に
沈丁の香の只中に入りしかと

潮止めの堰開けてある鳥ぐもり

菜の花が咲く畑まで坂のぼり

草餅をつまんで川を眺めゐる
かげろふの向うで片手あげてゐる

山ざくら山のふもとを川流れ

春昼のふつくら大きもぐら塚

おぼろ夜の塾とラーメン屋のあかり
昼どきの梅はらと散りまたはらと

春風の吹き込むバスの席にゐる

別の木の同じ高さにからすの巣

木瓜の花洗濯物が揺れてゐる

耀にゆく牛にまつはりついて虻

亀は鳴きラジコンカーは転覆し

降るでなく雲暮れてゆく花菜漬

道ばたにはこべ蕎麦屋はすぐ先に
辛夷咲き近くで山羊が鳴いてゐる

しばらくは二羽でゐる鳩黄水仙

海市より出てくる者を待つてゐる

海女がくる磯ふんどしを厚く締め

春の夜の卓に『ゴドーを待ちながら』

綿雲がいつぱいの日のつくしんぼ
しやぼん玉飛んで隣りの露店まで

目借時カスタネットがそばで鳴る

そば屋へは種付花の咲く道を

川岸のぬた場のにほひ柳絮飛ぶ

桜しべ降り遠投のボール来る

傘に雨地に花屑と桜しべ

三四歩あるけばまたも母子草

吹かれては戻りくるかに揚雲雀

木洩れ日がちらちら蟻が歩きゐる

新宿は薄暑からすが鳴いてゐる

吊ってある布団叩と蠅叩

時計草神田あたりの神田川

昼よりは吹き降りとなる山法師

団子虫日傘しづかに通りけり

三四郎池の藪蚊に食はれしと

鳩が鳴き薔薇しなびゐるダダの墓

晴れ曇りハイネの墓の薔薇真つ赤

麦の秋流れはときに渦を巻き

橋下のくらがりを出る揚羽蝶

すれちがふ犬が吠えあふ杜若

川岸に矢板打ちゐる日の盛り

吊革に西日老人らは眠り

やや遠きところで吹かれさるをがせ

姫女苑朝の散歩の牛がくる
端つこの線路で貨車が灼けてゐる

炎昼の運河に浮いてゐる鷗

沼に雨雨の向うに牛蛙

吊り橋の踏み板斜め雲の峰

ひまはりのうしろ姿を仰ぎけり

日かみなり蛇口に口を寄せをれば
金魚屋の水音午後の四時を過ぎ

雲の峰棒高跳びの棒しなひ

ざりがにの真つ赤な脚が土管より

おはぐろはどこかにいつてしまひけり

額の花昼によく鳴く烏骨鶏

坂をほぼ下りきるころねむの花

金魚屋の斜め向かひにしやがみけり

ぶくぶくと泡吹く蟹と相対す
揺れやむと思へば吹かれさるをがせ

かまきりの子が道ばたの石の上

げぢげぢが止まつてあとはじつとして

一日を干されて蛸が暮れてゆく
牛小屋のそば通りきて草いきれ

仲見世の裏に日残るかき氷

池袋駅西口を出て西日

アパートの向うで油蟬が鳴く

先生の机の上のサングラス

継目なきプラスチックの蠅叩

ぺちやんこの座布団夏の炉を囲み

奪衣婆のくちびるまつ赤藪蚊出づ

蒸し暑き日なり都市ガスぽつと点く

電柱のトランス灼けて道灼けて
日は真上帚木まるくただまるく

踏切の先よりずつと道灼けて

つと沈みゆるゆる浮いてくる目高

みんみんのこゑが思はぬ近さより
竹煮草田んぼの上が暮れてゐる

2

秋暑し鳩は地べたに腹這ひに

閑散としてゐる二丁目の残暑

貰ひたる冬瓜抱つこして戻る

秋すだれ巻きあげて見る空地の猫

水口を切る人がくるねこじやらし

いなご捕る子らがたちまち遠去かる

日は真上かぼちゃの花は道ばたに

埃つぽい午後の背高泡立草

採りきたる通草を見せて去りにけり

籾殻を焼く煙突ははすかひに
砂利道にちよぼちよぼと草ちちろ鳴く

秋の雨タイヤぐにやりと接岸す

鵙の贄けふはほんとによく晴れて

なにはともあれ鶏頭に触れにゆく

近江なりおけらとみみず鳴く夜の

手の石榴皿にこつんと置いて夜

草の花ベンチにゐると鳩がくる

とことこと鶏が寄りくる秋の昼

しその実が小皿の外にいく粒か

秋の昼駱駝がぐいと立ちあがる

みの虫を十年ぶりに目の前に

道に出て大きくなつてゐる南瓜

団栗が落ちてゐるのはここらまで

みみず鳴く蕎麦屋の前を過ぎてすぐ

芋茎干すむしろのそばを鶏歩く

かなかなが鳴いてどんどん暮れてくる

猪垣のつぎあてトタンとか畳

菱茹でる湯気は田んぼの方へゆく

霧はれていくつか見えるもぐら塚

草の絮釣り座は二間ほど離れ

秋の木洩れ日走り根が地より浮き

新港に外洋漁船うろこ雲

とんび鳴き諸掘りのゐる川向う

秋の蚊にとなりの人が食はれけり

空缶をパカンと蹴つて秋惜しむ

箸をまたつまみなほして栗おこは

雲腸を出さるるころの海は暮れ

おばさんの店が出てゐる村芝居

横歩きして冬蜂が寄りきたる

夕日いつぱい初冬の藁ぼつち

もたもたと来て白鳥がパンを食ふ

銀杏散る校長室のすぐ外で
日差しよき十一月の十一時

流れきて氷は杭に触れにけり

冬の星出て干し物をとりにゆく

鵙の贄坂の途中の日当りに
草むらへ焼藷の皮ほつぽられ

三振の選手がもどる冬日向

山祇のあたり寸越す霜柱

朝寒き川原におりる熱気球

鴨あまたゐる方へゆく鴨の水脈

涸川の底にからすが立つてゐる
棒切れがゆるり流れる十二月

枯蘆をこすりて舟がもどりくる

鮟鱇の腹さすられてより裂かる

晴れわたる日の裸木となつてゐる

舟底に水竿置きある空つ風

安房の海見えて笹鳴き近くより

冬の日がにほふ工場のトタン壁

湯につかり柚子のとなりに膝浮かべ

昼月にうつすらと雲大根引く

雪はげし飲み屋の方へ道わたり

どつぽんと大鯉はねてどこも冬

日曜の日をいつぱいに冬柏
何の畑か敷藁に霜おりて

Ⅱ　2022年

〔152句〕

1

福藁のあたりを鶏が歩きゐる

初すずめ日向の莫蓙の隅つこに

木枯のこゑ駐車場裏手から

踏んでみる倉庫のそばの霜柱

雪催ひいちばん高い木にからす

鱈汁の湯気電灯の笠にまで

寒に入る池に縮緬波が立ち

雪積もる屋根また千木と鰹木に
牡蠣小屋のうしろが暮れてきたりけり

スプマンテの泡がしゆわしゆわ冬の星

雪汁が坂を斜めに下りくる

枯すすき目を覚ましては釣つてゐる

吹きまくる北風猫は庭にゐる

ぬかるみをところどころに梅探る

春の雪くるか昼より日はしろく

春さむく足の短い犬がくる

昼のポー鳴り菜の花が蝶と化す

浜辺より犬もどりくる黄水仙

先生がくしやみしてゐる目借時

晴れきつてそこらの亀が鳴いてゐる

遅き日の橋の中ほどより戻る

蝶を見てしばらくゆけば崖つぷち

防風を摘んで砂山のぼりくる

浮いてゐる小枝や葉つぱ春の鴨

振ればまたぺんぺん草はかさかさと

紅梅の向うで竹がさらさらと

黄水仙右に曲れば砂浜に

春昼の屋根に積みある屋根瓦

かげろふの向うにドブをわたる板

川波の荒るるあたりへ流し雛

曳かれゆく種牛に日はちかちかと

塗畦のてかりが乾きゆくころと
畦道に風うぐひすが鳴いてゐる

木瓜の花ぽつりぽつりの雨がやむ

ひろびろと石蓴を干してゐる川原

テーブルに春の蠅虎ぽつり

湖すぐの青きを踏んできたりけり

雪形を見にゆく土曜日は晴れて
雲がまつ白たんぽぽの絮が跳ぶ

雨粒を葉に乗せ牡丹崩れゐる

春昼の空のどこかにプロペラ機

遅き日のサッカーボール流れゆく

まつ昼間そしてたんぽぽまつ黄色

春の日が山に没りゆくころの風

透明な戦車が空をよぎる春

差し潮がここらで終はる諸葛菜

春昼の堆肥の山にシャベル立ち

芥子菜の花のまはりに丸太杭

昼すぎにみな揚がりたる蕁舟

つばめ飛ぶ進水式の船の上
ちらちらと泳ぐメダカが見えてくる

塚山のてつぺんだけが草刈られ
麦の秋遠くの雲が垂れてゐる

蹴とばされてはよそにゆく蟇の雄

土手に着くまで道ばたの耳菜草

麦の秋向うの道をバスがゆく

夏茱萸は渋く山なみあをあをと

梅雨ぐもり市場の屋根で鳶が鳴く
草いきれ工場の裏をドブ流れ

ひと枝に鳩が何羽か日雷

草を刈る近くに山羊が立つてゐる

漁船より二人おりくる日の盛り

日雷ふつと風やみふつと吹き

仲見世を左に入りかき氷

海揚がりといはるる壺にかきつばた

日盛りの空地に杭を抜きし穴

雷を遠くに蕎麦を茹でてゐる

逃水を眺めてゐればバスが来る

やんですぐまた雨となる夏つばき

炎昼の潮目をよぎる貨物船

くちなしの錆びるとなればすぐ錆びて

ひかりつつ沖暮れてゆく雲の峰

緑蔭に坐せば真上でからす鳴く

蛇の髭をわしづかみしてすぐ放す

バス見えるまで青桐の下に立ち

水にほふかに水打つてありにけり

駅前のバスの運転手に西日

さるをがせ揺るるを眺めをれば雨
川舟がもどりくるころ遠花火

雨ぽつときてより揺るる竹煮草

鳩小屋の鳩がみな留守日の盛り

草いきれこれより道は木道に

炎昼のパン屋の棚のほぼ空っぽ

日の盛り開けっ放しのバーのドア
日の暮れがここに白百日紅咲き

雨に濡れゆらりゆらりと氷旗

ひからびし蚯蚓の方へ三輪車

昼すぎのひまはりざつと見てまはる

人通るあたりに毛虫垂れてゐる

雲海へ入りゆくマウンテンバイク

炎昼のダンス教室よりタンゴ

2

刷け雲を見ながら西瓜食つてゐる

みみず鳴く近江の夜となりにけり

橋わたりくればホップを摘んでゐる

稲架ひとつ空稲架ひとつ午後に入る

西に昼月こほろぎが鳴いてゐる

石に手を触れればそこにある残暑

午後の秋風犀が口開けてゐる

ヒメムカシヨモギがずつと揺れてゐる

猫がどこかへ菊芋のそばを過ぎ

川向うからわつとくる稲雀

サッカー場のこほろぎが鳴いてゐる

ゆさゆさと芒の束をかつぎくる
むかご飯雲ひとつゆきふたつゆき

首出してただ浮いてゐる秋の亀

この道に薄日さしくるねこじやらし

雄ひしばが右ひだりから道ふさぎ

十月のからすが鳴いてゐる渋谷

無患子を日向にしやがみゐて拾ふ

窓からは屋根と電線うろこ雲

菊かをるよき日の雀電線に

秋蝶がくる出来立てのもぐら塚

この角が秋の落葉の吹き溜り

破れ目のある巣に秋の女郎蜘蛛

走り根をまたぐ走り根きのこ生え

アルプスに初雪豚が鳴いてゐる

前をゆく人に榠樝は拾はれて

柄の長き鎌が触れゐる猿茸

正面に日のある秋の午後の土手
穭田を雨が濡らしてゐたりけり

やや寒し机の上の塵を拭き

ふたつともやや傾ぎゐる藁ぼつち

銀杏散るあたりでベビーカー止まる

魚籠あげてもらへば冬の鮒二匹

雨止んでゐて二の酉の夜となる
からすうり山はあつさり暮れきつて

稲架解かれ竹と丸太になつてゐる

星ひとつ出てくるころの石蕗の花

ガード下の飲み屋の椅子の小六月

鹿撃ちが川岸で鹿待つてゐる

畑土をふはふはと踏む冬旱

バス停の方へバスゆく冬夕焼

銀杏散る下で露店が組まれゐる

ざばときてざばと波引く雪催

冬夕焼太極拳が続きゐる

小春日の蛇籠の上で釣つてゐる

ときに灯のやたら明るきおかめ市

船小屋をふはふは囲む波の花

踏めば鳴る側溝の蓋草枯れて
公園の雪がへこんでゐて砂場

寒き夜の電気の球をつけかへる

休漁の船ならびゐる冬たんぽぽ

掃く音が冬の日向の方にくる

釣り人ががしがし踏んでゆく冬田

石蕗の花昼からくもりきて無風

綿虫が降りてくるのを待つてゐる

砂浜に日がさしてゐる雪起し

赤い星ひとつそこらに虎落笛

かいつぶりすぐまたもぐり昼近し

池に浮く落葉がみんな揺れてゐる

あとがき

子供のころ、近くの池でとってきた食用蛙を何度か食ったことがある。うしろ脚の肉を焼いて食うのだが、淡泊な味で結構うまかったという記憶がある。

釣りをするようになって、食用蛙が牛蛙と呼ばれていることを知った。昼間も鳴くが、日暮れどきには池や沼のあちこちでかなり鳴く。その声は野太く、まさに牛が鳴くようなのだが、そのころの声はなにか淋しさを感じさせ、さて、ではこの辺で竿を納めるか、という気にさせるものがある。

そんなことから今度の句集は「牛蛙」とすることにした。

2023年8月15日

大崎紀夫

著者略歴

大崎紀夫（おおさき・のりお）

1940年（昭和15年）	埼玉県戸田市に生まれる
1995年（平成７年）	「俳句朝日」創刊編集長
1996年（平成８年）	「短歌朝日」創刊　２誌の編集長を兼任
2000年（平成12年）	朝日新聞社を定年退社
	「WEP俳句通信」創刊編集長
2001年（平成13年）	結社誌「やぶれ傘」創刊主宰
2019年（令和元年）	同人誌「棒」同人

俳人協会会員　埼玉俳句連盟参与　日本俳人クラブ評議員

句集に『草いきれ』（04年）『榠樝の実』（06年）『竹煮草』（I・II合冊、08年）『遍路――そして水と風と空と』（09年）『からす麦』（12年）『俵ぐみ』（14年）『虻の昼』（15年）『ふな釣り』（16年）『釣り糸』（19年）ほか
詩集に『単純な歌』『ひとつの続き』
写真集に『スペイン』
旅の本に『湯治湯』『旅の風土記』『歩いてしか行けない秘湯』
釣り本は『全国雑魚釣り温泉の旅』をはじめ多数刊行
他に『渡し舟』『私鉄ローカル線』『農村歌舞伎』『ちぎれ雲』『地図と風』『nの方舟―大人の童話』など

現住所＝〒335-0022　戸田市上戸田1-21-7

句集　牛　蛙

2023年９月15日　第１刷発行

著　者　大崎紀夫

発行者　大崎紀夫

発行所　株式会社　ウエップ

〒160-0022　東京都新宿区新宿1-24-1-909
電話　03-5368-1870　郵便振替　00140-7-544128

印　刷　モリモト印刷株式会社

※定価はカバーに表示してあります　　ISBN978-4-86608-146-5